给孩子的诗

给孩子的诗

北岛　选编
张祈　协助

中信出版社·CHINACITICPRESS ·北京·

图书在版编目（CIP）数据

给孩子的诗 / 北岛编. —北京：中信出版社，2014.7
ISBN 978-7-5086-4666-4
I. ①给… II. ①北… III. ①诗集—世界 IV. ①I12
中国版本图书馆CIP数据核字（2014）第131656号

给孩子的诗

选　　编：北　岛
策划推广：中信出版社（China CITIC Press）
出版发行：中信出版集团股份有限公司
　　　　　（北京市朝阳区惠新东街甲4号富盛大厦2座　邮编　100029）
　　　　　（CITIC Publishing Group）
承　印　者：北京通州皇家印刷厂

开　　本：880mm×1230mm　1/32	印　　张：5.5	字　　数：80千字
版　　次：2014年7月第1版	印　　次：2015年11月第18次印刷	
书　　号：ISBN 978-7-5086-4666-4/I·536	广告经营许可证：京朝工商广字第8087号	
定　　价：30.00元		

策划：活字文化

版权所有·侵权必究
凡购本社图书，如有缺页、倒页、脱页，由发行公司负责退换。
服务热线：010-84849555　　服务传真：010-84849000
投稿邮箱：author@citicpub.com

给兜兜和孩子们

目录

给年轻朋友的信（代序）　　北岛　　　　17

外国诗

布莱克（英国）
　天真的预示（节选）　　　　　　　　23
　老虎　　　　　　　　　　　　　　　24

彭斯（英国）
　往昔的时光　　　　　　　　　　　　26

荷尔德林（德国）
　致大自然（节选）　　　　　　　　　28

海涅（德国）
　星星们高挂空中　　　　　　　　　　29

普希金（俄国）
　给凯恩　　　　　　　　　　　　　　30
　"假如生活欺骗了你"　　　　　　　　32

雨果（法国）
　当一切入睡　　　　　　　　　　　　33

莱蒙托夫（俄国）
　帆　　　　　　　　　　　　　　　　34

裴多菲（匈牙利）
　我愿意是急流……　　　　　　　　　35

狄金森（美国）
　　如果记住就是忘却　　　　　　　　　37

泰戈尔（印度）
　　仿佛　　　　　　　　　　　　　　38

叶芝（英国）
　　当你老了　　　　　　　　　　　　39
　　柯尔庄园的野天鹅　　　　　　　　40

弗洛斯特（美国）
　　未走之路　　　　　　　　　　　　42
　　给解冻之风　　　　　　　　　　　44

里尔克（奥地利）
　　秋日　　　　　　　　　　　　　　45
　　严重的时刻　　　　　　　　　　　46

桑德堡（美国）
　　雾　　　　　　　　　　　　　　　47

阿波利奈尔（法国）
　　米拉波桥　　　　　　　　　　　　48

希梅内斯（西班牙）
　　我不知道……　　　　　　　　　　50

佩索阿（葡萄牙）
　　你不快乐的每一天都不是你的　　　51

曼德尔施塔姆（俄国）
　　林中雪地的寂静中　　　　　　　　52

巴列霍（秘鲁）
    逝去的恋歌   53

索德格朗（芬兰）
    星星   54
    黄昏   55

茨维塔耶娃（俄国）
    我的大都市里一片黑夜   56
    像这样细细地听（节选）   57

马雅可夫斯基（俄国）
    已经过了一点   58

艾吕雅（法国）
    自由   59

蒙塔莱（意大利）
    英国圆号   64

阿莱克桑德雷（西班牙）
    火   66

布莱希特（德国）
    关于爬树   67

洛尔迦（西班牙）
    哑孩子   68
    吉他   69

普列维尔（法国）
    公园里   71

博尔赫斯（阿根廷）
　老虎的金黄　　　　　　　　　　　72

夸西莫多（意大利）
　看见的，看不见的　　　　　　　　74
　瞬息间是夜晚　　　　　　　　　　75

希克梅特（土耳其）
　无题　　　　　　　　　　　　　　76

金子美铃（日本）
　积雪　　　　　　　　　　　　　　77

聂鲁达（智利）
　孤独　　　　　　　　　　　　　　78
　如果白昼落进……　　　　　　　　79

夏尔（法国）
　雨燕　　　　　　　　　　　　　　80

埃利蒂斯（希腊）
　我不再认识黑夜　　　　　　　　　81
　"饮着科林斯的太阳……"　　　　82

R．S．托马斯（英国）
　孩子们的歌　　　　　　　　　　　83
　秋日　　　　　　　　　　　　　　84

帕斯（墨西哥）
　诗人的墓志铭　　　　　　　　　　85

拉金（英国）
　日子　　　　　　　　　　　　　　86

博纳富瓦（法国）
　　夏夜（节选） 87

安德拉德（葡萄牙）
　　静物 88

赫伯特（波兰）
　　声音 89

阿米亥（以色列）
　　之前 91
　　嘎吱响的门 92

K.布鲁（加纳）
　　补网 93

阿多尼斯（叙利亚）
　　在意义丛林旅行的向导（节选） 94

西亚特（吉布提）
　　分别 95

特朗斯特罗默（瑞典）
　　自1979年3月 96
　　写于1966年解冻 97

谷川俊太郎（日本）
　　河流 98
　　小鸟在天空消失的日子 99

容克（南非）
　　当你写下新的一页 101

艾基（俄国）
  雪 103

克里斯坦森（丹麦）
  我们毁掉的（节选） 104

阿特伍德（加拿大）
  "睡"之变奏 105

迪伦（美国）
  在风中飘 107

达维什（巴勒斯坦）
  想想别人 109

诺德布兰德（丹麦）
  回家 110

哈特（澳大利亚）
  未来的历史 111

中国诗

废名
  十二月十九夜 115

冯至
  深夜又是深山 116

卞之琳
  音尘 117

纪弦
  你的名字 118

何其芳
  欢乐 120

陈敬容
  山和海 121

蔡其矫
  波浪 123

郑敏
  金黄的稻束 125

周梦蝶
  九行 126

牛汉
  根 127

痖弦
  伞 128

余光中
  乡愁 130

商禽
  用脚思想 131

昌耀
　一片芳草　　　　　　　　　　　　132

食指
　在你出发的时候　　　　　　　　133
　这是四点零八分的北京　　　　　135

依群
　你好，哀愁　　　　　　　　　　137

也斯
　城市风景　　　　　　　　　　　138

北岛
　一束　　　　　　　　　　　　　140

芒克
　我是风　　　　　　　　　　　　142

多多
　致太阳　　　　　　　　　　　　145

舒婷
　致橡树　　　　　　　　　　　　146

严力
　还给我　　　　　　　　　　　　148

顾城
　我是一个任性的孩子　　　　　　149

欧阳江河
  寂静 153

韩东
  一种黑暗 154

陆忆敏
  年终 155

张枣
  镜中 156

车前子
  三原色 157

西川
  饮水 158

海子
  面朝大海，春暖花开 160

诗名中外文对照表 161
编辑说明 169

给年轻朋友的信
（代序）

年轻的朋友们：

我和你们走在一起，未曾相识，如果遇上诗歌，恰似缘分。在人生的路上，你们正值青春年少，诗歌相当于路标，辨认方向，感悟人生，命名万物，这就是命运中的幸运。回头望去，我跟你们一样年轻过，当年遇上诗歌，就像遇上心中的情人，而爱情，几乎就是诗歌原初的动力。

每个出生长大的孩子，处在不同的阶段，特别是青少年时期——更敏感更多变，突如其来，跨越不同的边界，开拓想象力与创造性。我相信，当青春遇上诗歌，往往会在某个转瞬之间，撞击火花，点石成金，热血沸腾，内心照亮，在迷惘或昏睡中突然醒来。

雪花和花瓣，早春和微风，细沙和风暴，每个孩子的感受都是独特的，就像指纹那样不可重复——这一切都是诗意，但还不是诗歌，换句话说，诗歌即形式，是由文字和音乐性等多种因素构成的。

十岁那年，我写了第一首"诗"——从报纸杂志上东抄西凑，尽管是陈词滥调，但对我来说，由文字的排列和节奏，头一次体会到触电般的奇妙感觉。

在暑假，父亲令我背诵古诗词，多不解其意，幸好有音韵节奏引路。比如，杜甫的《客至》开篇："舍南舍北皆春水，但见群鸥日日来"，豁然开朗，心情愉悦。从小背诵古诗词，岁月沓来，尚有佳句脱口而出——诗歌浸透在血液中。对儿童青少年来说，音乐性是打开诗歌之门的钥匙。

三年前，我的儿子兜兜刚上小学一年级，被选入普通话朗诵组，准备参加香港学校朗诵节比赛。那天下午，他带回一首诗《假如我是粉笔》[1]。

这首诗让我大吃一惊——这类普通话训练教材不仅滥竽充数，反过来伤害孩子们的想象空间。我试着朗诵了《假如我是粉笔》，把鼻子气歪了。好在兜兜不委屈自己，一早就跟老师说：老师，我不想当粉笔。

从此日起下决心，我花了两三年的功夫，最终编选了《给孩子的诗》，作为送给兜兜和孩子们的礼物。让孩子天生的直觉和悟性，开启诗歌之门，越年轻越好。

这本书挑选了外国诗70首加上汉语新诗31首，总共

---

[1] 诗中写道："……假如我是粉笔 / 我会很乐意牺牲自己 / 让老师在黑板上写字 / 让同学在黑板上画画 / 我不需要你们保护 / 但求你们不要让我粉身碎骨。"

101首。关于编选的标准,简单而言:一是音乐性,二是可感性,三是经典性。感谢张祈,作为助手,他为我搜集了大量初选篇目,并协助诗歌翻译。感谢本书编辑,没有他们逐诗核校文本,撰写诗人简介,多方联络版权,这本书出版是不可能的。

对于命运中的幸运而言,诗歌正如点燃火炬——某种意义上,诗歌之光照亮突然醒来的人。

北岛

2014年4月7日

外国诗

布莱克

天真的预示（节选）

一颗沙里看出一个世界，
一朵野花里一座天堂，
把无限放在你的手掌上，
永恒在一刹那里收藏。

（梁宗岱 译）

老虎

老虎！老虎！你金色辉煌，
火似的照亮黑夜的林莽，
什么样超凡的手和眼睛
能塑造你这可怕的匀称？

在什么样遥远的海底天空，
烧出给你做眼睛的火种？
凭什么样翅膀他胆敢高翔？
敢于攫火的是什么样手掌？

什么样技巧，什么样肩头，
能扭成你的心脏的肌肉？
等到你的心一开始跳跃，
什么样吓坏人的手和脚？

什么样铁链？什么样铁锤？
什么样熔炉炼你的脑髓？
什么样铁砧？什么样握力
敢捏牢这些可怕的东西？

当星星射下来万道金辉，
并在天空里遍洒着珠泪，

看了看这杰作他可曾微笑？
造小羊的可不也造了你了？

老虎！老虎！你金色辉煌，
火似地照亮黑夜的林莽，
什么样超凡的手和眼睛
敢塑造你这可怕的匀称？

（宋雪亭 译）

■ 威廉·布莱克（William Blake，1757—1827），英格兰诗人、画家。著有诗集《天真之歌》、《经验之歌》等。

彭斯

往昔的时光

老朋友哪能遗忘,
  哪能不放在心上?
老朋友哪能遗忘,
  还有往昔的时光?

为了往昔的时光,老朋友,
  为了往昔的时光,
再干一杯友情的酒,
  为了往昔的时光。

你来痛饮一大杯,
  我也买酒来相陪。
干一杯友情的酒又何妨?
  为了往昔的时光,

我们曾邀游山岗,
  到处将野花拜访。
但以后走上疲惫的旅程,
  逝去了往昔的时光!

我们曾赤脚蹚过河流,
  水声笑语里将时间忘。

如今大海的怒涛把我们隔开,
　　逝去了往昔的时光!

忠实的老友,伸出你的手,
　　让我们握手聚一堂,
再来痛饮一杯欢乐酒,
　　为了往昔的时光!

(王佐良 译)

罗伯特·彭斯(Robert Burns,1759—1796),苏格兰诗人。著有诗集《自由树》、《苏格兰人》、《一朵红红的玫瑰》、《高原的玛丽》等。他创作的《往昔的时光》(即《友谊地久天长》)一直以来被人们传唱。

荷尔德林

致大自然（节选）

当我还在你的面纱旁游戏，
还像花儿依傍在你身旁，
还倾听你每一声心跳，
它将我温柔颤抖的心环绕，
当我还像你一样满怀信仰和渴望，
站在你的图像前，
为我的泪寻找一个场所，
为我的爱寻找一个世界；

当我的心还向着太阳，
以为阳光听得见它的跃动，
它把星星称作兄弟，
把春天当作神的旋律；
当小树林里气息浮动，
你的灵魂，你欢乐的灵魂，
在寂静的心之波里摇荡，
那时金色的日子将我怀抱。

（钱春绮 译）

■ 弗里德里希·荷尔德林（Friedrich Hölderlin，1770—1843），德国诗人。诗作有《人，诗意地栖居》、《浮生的一半》、《眺望》、《许佩里翁的命运之歌》、《面包与酒》等。

海涅

星星们高挂空中

星星们高挂空中,
千万年一动不动,
彼此在遥遥相望,
满怀着爱的伤痛。

它们说着一种语言,
美丽悦耳,含义无穷,
世界上的语言学家,
谁也没法将它听懂。

可我学过这种语言,
并且牢记在了心中,
供我学习用的语法,
就是我爱人的面容。

(杨武能 译)

海因里希·海涅(Heinrich Heine,1797—1856),德国诗人、记者、文学评论家。著有诗集《德国,一个冬天的童话》《西西里亚的纺织工人》等。其最广为人知的一首诗,是由门德尔松谱曲的《乘着歌声的翅膀》。

普希金

给凯恩

　　我记得那美妙的一瞬：
在我的眼前出现了你，
有如昙花一现的幻影，
有如纯洁之美的精灵。

　　在那绝望的忧愁的苦恼中，
在那喧嚣的虚荣的困扰中，
我的耳边长久地响着你温柔的声音，
我还在睡梦中见到你亲爱的面影。

　　许多年代过去了。狂暴的激情
驱散了往日的幻想，
我忘记了你温柔的声音，
和你天仙似的面影。

　　在穷乡僻壤，在流放的阴暗生活中，
我的岁月就那样静静地消逝过去，
失掉了神性，失掉了灵感，
失掉眼泪，失掉生命，也失掉了爱情。

如今灵魂已开始觉醒：
这时候在我的眼前又重新出现了你，
有如昙花一现的幻影，
有如纯洁之美的精灵。

　　我的心狂喜地跳跃，
为了它，一切又重新苏醒，
有了神性，有了灵感，
有了生命，有了眼泪，也有了爱情。

（戈宝权 译）

"假如生活欺骗了你"

假如生活欺骗了你,
不要悲伤,不要心急!
忧郁的日子里须要镇静:
相信吧,快乐的日子将会来临。

心儿永远向往着未来;
现在却常是忧郁:
一切都是瞬息,一切都将会过去;
而那过去了的,就会成为亲切的怀恋。

(戈宝权 译)

■ 亚历山大·普希金(Alexander Pushkin,1799—1837),俄国诗人、作家。著名的诗作有《自由颂》、《致大海》、《致恰达耶夫》等。

雨果

当一切入睡

当一切入睡，我常兴奋地独醒，
仰望繁星密布熠熠燃烧的穹顶，
　　我静坐着倾听夜声的和谐；
时辰的鼓翼没打断我的凝思，
我激动地注视这永恒的节日——
　　光辉灿烂的天空把夜赠给世界。

我总相信，在沉睡的世界中，
只有我的心为这千万颗太阳激动，
　　命中注定，只有我能对它们理解；
我，这个空幻、幽暗、无言的影像，
在夜之盛典中充当神秘之王，
　　天空专为我一人而张灯结彩！

（飞白译）

■ 维克多·雨果（Victor Hugo，1802—1885），法国浪漫主义诗人、作家。著有诗集《颂诗集》、《惩罚集》、《秋叶集》、《光与影》、《历代传说》等。

莱蒙托夫

帆

在那大海上淡蓝色的云雾里,
有一片孤帆儿在闪耀着白光!……
它寻求什么,在遥远的异地?
它抛下什么,在可爱的故乡?……

波涛在汹涌——海风在呼啸,
桅杆在弓起了腰轧轧地作响……
唉!它不是在寻求什么幸福,
也不是逃避幸福而奔向他方!

下面是比蓝天还清澄的碧波,
上面是金黄色的灿烂的阳光……
而它,不安的,在祈求风暴,
仿佛是在风暴中才有着安详!

(余振 译)

■ 米哈伊尔·莱蒙托夫(Mikhail Lermontov,1814—1841),俄国诗人、作家。诗歌作品有《鲍罗金诺》、《祖国》、《诗人之死》、《恶魔》等。

裴多菲

我愿意是急流……

我愿意是急流,
是山里的小河,
在崎岖的路上、
岩石上经过……
只要我的爱人
是一条小鱼,
在我的浪花中
快乐地游来游去。

我愿意是荒林,
在河流的两岸,
对一阵阵的狂风,
勇敢地作战……
只要我的爱人
是一只小鸟,
在我的稠密的
树枝间做巢、鸣叫。

我愿意是废墟,
在峻峭的山岩上,
这静默的毁灭
并不使我懊丧……

只要我的爱人
是青青的常春藤,
沿着我荒凉的额,
亲密地攀援上升。

我愿意是草屋,
在深深的山谷底,
草屋的顶上
饱受风雨的打击……
只要我的爱人
是可爱的火焰,
在我的炉子里,
愉快地缓缓闪现。

我愿意是云朵,
是灰色的破旗,
在广漠的空中,
懒懒地飘来荡去……
只要我的爱人
是珊瑚似的夕阳,
傍着我苍白的脸,
显出鲜艳的辉煌。

(孙用 译)

■ 裴多菲·山陀尔（Sándor Petöfi, 1823—1849）,匈牙利革命诗人。创作诗歌《酒徒》、《自由与爱情》、《谷子成熟了》、《致尤丽娅》、《雅诺什勇士》等。许多诗作被李斯特等作曲家谱曲传唱,成为匈牙利的民歌。

狄金森

如果记住就是忘却

如果记住就是忘却
我将不再回忆,
如果忘却就是记住
我多么接近于忘却。

如果相思,是娱乐,
而哀悼,是喜悦,
那些手指何等欢快,今天,
采撷到了这些。

(江枫 译)

■ 艾米莉·狄金森(Emily Dickinson,1830—1886),美国诗人。其诗作现存1,700多首,包括《暴风雨夜,暴风雨夜!》、《我是无名之辈》、《头脑,比天空辽阔》、《我为美而死》、《造一个草原》等。

泰戈尔

仿佛

我不记得我的母亲，
只是在游戏中间
有时仿佛有一段歌调在我玩具上回旋，
是她在晃动我的摇篮时所哼的那些歌调。

我不记得我的母亲，
但是在初秋的早晨
合欢花香在空气中浮动，
庙殿里晨祷的馨香仿佛向我吹来母亲一样的气息。

我不记得我的母亲，
只是当我从卧室的窗里外望悠远的蓝天，
我仿佛觉得我母亲凝住在我脸上的眼光
布满了整个天空。

（谢冰心 译）

拉宾德拉纳特·泰戈尔（Rabindranath Tagore，1861—1941），印度诗人、文学家、艺术家、哲学家和社会活动家。作品包括诗集《吉檀迦利》、《飞鸟集》等。

叶芝

当你老了

当你老了,头白了,睡意昏沉,
炉火旁打盹,请取下这部诗歌,
慢慢读,回想你过去眼神的柔和,
回想它们昔日浓重的阴影;

多少人爱你青春欢畅的时辰,
爱慕你的美丽,假意或真心,
只有一个人爱你那朝圣者的灵魂,
爱你衰老了的脸上痛苦的皱纹;

垂下头来,在红光闪耀的炉子旁,
凄然地轻轻诉说那爱情的消逝,
在头顶的山上它缓缓踱着步子,
在一群星星中间隐藏着脸庞。

(袁可嘉 译)

柯尔庄园的野天鹅

树林里一片秋天的美景，
林中的小径很干燥，
十月的黄昏笼罩的流水
把寂静的天空映照；
盈盈的流水间隔着石头，
五十九只天鹅浮游。

自从我最初为它们计数，
这是第十九个秋天，
我发现，计数还不曾结束，
猛一下飞上了天边，
大声地拍打着翅膀盘旋，
勾画出大而碎的圆圈。

我见过这群光辉的天鹅，
如今却叫我真心疼，
全变了，自从第一次在池边，
也是个黄昏的时分，
我听见头上翅膀拍打声，
我那时脚步还轻盈。

还没有厌倦，一对对情侣，
友好地在冷水中行进，

或者向天空奋力地飞升,
它们的心灵还算年轻,
也不管它们上哪儿浮行,
总有着激情和雄心。

它们在静寂的水上浮游,
何等的神秘和美丽!
有一天醒来,它们已飞去,
在哪个芦苇丛筑居?
哪一个池边,哪一个湖滨,
取悦于人们的眼睛?

(袁可嘉 译)

■ 威廉·巴特勒·叶芝(William Butler Yeats,1865—1939),爱尔兰诗人、剧作家。主要诗集有《柯尔庄园的野天鹅》、《迈可·罗拔兹与舞者》、《塔楼》、《回梯与其他诗作》等。

弗洛斯特

未走之路

两条路分岔在黄树林里，
遗憾我只是单身过客
无法两道都走，我伫立
极目探望其中之一
拐弯消失在矮丛里；

然后挑了另一条，一样好，
可能资格更高，
因为它绿草茸茸，缺少磨耗；
尽管在那方面，步履往来
把它们踩得其实差不了多少，

那天清晨它们一起静卧
在树叶下，无人踩黑。
哦，我把头条路留给下回！
但是深知道路连贯不绝，
我怀疑自己还能返回。

多年后，在某地
我将边说边叹息：

两条路分岔在林中,而我——
我选择了那条,人迹稍稀
于是造成了一切差异。

(黄运特 译)

给解冻之风

哦,喧哗的西南风,
和雨水一起降临吧!
带来歌唱者,带来筑巢者;
给埋没的落花以梦想;
让沉寂的雪岸蒸腾;
请在洁白之下找到土褐;
无论你今夜做了什么,
请冲洗我的窗户,让它飘动,
让它融化像你融化积雪;
融化玻璃但请留下窗棂
像隐士的十字架;
闯入我狭小的房间吧;
吹动墙上的纸画;
翻开喋喋不休的书页;
把诗歌吹落到地板;
再把诗人赶出门外。

(薛舟 译)

罗伯特·弗洛斯特(Robert Frost,1874—1963),美国田园诗人,曾四度获普利策奖。著有诗集《波士顿以北》、《西去的溪流》、《更广阔的范围》等。

里尔克

秋日

主呵,是时候了。夏天盛极一时。
把你的阴影置于日晷上,
让风吹过牧场。

让枝头最后的果实饱满;
再给两天南方的好天气,
催它们成熟,把
最后的甘甜压进浓酒。

谁此时没有房子,就不必建造,
谁此时孤独,就永远孤独,
就醒来,读书,写长长的信,
在林荫路上不停地
徘徊,落叶纷飞。

(北岛 译)

严重的时刻

此刻有谁在世上某处哭,
无缘无故在世上哭,
在哭我。

此刻有谁夜间在某处笑,
无缘无故在夜间笑,
在笑我。

此刻有谁在世上某处走,
无缘无故在世上走,
走向我。

此刻有谁在世上某处死,
无缘无故在世上死,
望着我。

(陈敬容 译)

莱纳·玛利亚·里尔克(Rainer Maria Rilke,1875—1926),生于奥匈帝国时期的布拉格。除了创作诗歌外还撰写小说、剧本及杂文。著有诗集《生活与诗歌》、《新诗集》、《新诗续集》、《杜伊诺哀歌》、《献给奥俄尔甫斯的十四行诗》等。

桑德堡

雾

雾来了——
蹑着猫的细步。

它静静地弓腰
蹲着俯瞰
港湾和城市
再向前走去。

（屠岸 译）

卡尔·桑德堡（Carl Sandburg，1878—1967），美国诗人、传记作者和新闻记者。著有诗集《在轻率的欢乐中》、《芝加哥诗集》、《诗歌全集》等。

阿波利奈尔

米拉波桥

塞纳河在米拉波桥下流逝
　　　我们的爱情
　　　还要记起吗
往日欢乐总是在痛苦之后来临

　　　夜来临吧听钟声响起
　　　时光消逝了而我还在这里

我们就这样面对面
　　　手握着手
　　　在手臂搭起的桥下闪过
那无限倦慵的眼波

　　　夜来临吧听钟声响起
　　　时光消逝了而我还在这里

爱情像这泓流水一样逝去
　　　爱情逝去
　　　生命多么缓滞
而希望又多么强烈

夜来临吧听钟声响起
时光消逝了而我还在这里

消逝多少个日子多少个星期
过去了的日子
和爱情都已不复回来
塞纳河在米拉波桥下流逝

夜来临吧听钟声响起
时光消逝了而我还在这里

(徐知免 译)

■ 纪尧姆·阿波利奈尔(Guillaume Apollinaire,1880—1918),法国诗人、小说家、剧作家和文艺评论家。著有诗集《烧酒集》、图像诗集《美文集》等。

希梅内斯

我不知道……

我不知道应该怎样
才能从今天的岸边
一跃而跳到明天的岸上。

滚滚长河夹带着
今天下午的时光
一直流向那无望的海洋。

我面对着东方、西方，
我向南方和北方张望……
只见那金色的现实，
昨天还缠绕着我的心房，
现如今却像整个天空
分崩离析，虚无迷茫。

……我不知道应该怎样
才能从今天的岸边
一跃而跳到明天的岸上。

（林之木 译）

■ 胡安·拉蒙·希梅内斯（Juan Ramón Jiménez，1881—1958），西班牙诗人。主要作品有诗集《紫罗兰的灵魂》、《睡莲》、《一个新婚诗人的日记》、《底层动物》、《空间》、《悲哀的咏叹调》、《遥远的花园》及长诗《空间》等。

佩索阿

你不快乐的每一天都不是你的

你不快乐的每一天都不是你的
你只是虚度了它。无论你怎么活
只要不快乐,你就没有生活过。

夕阳映在水塘,假如足以令你愉悦
爱情,美酒,或者欢笑
便也无足轻重。

幸福的人,是他从微小的事物中
汲取到快乐,他无法拒绝
这每一天的馈赠!

(姚风 齐策译)

费尔南多·佩索阿(Fernando Pessoa,1888—1935),葡萄牙诗人、文学批评家、翻译家、出版家。初以大型组诗《牧人》名世,死后作品被整理成11卷本的《诗歌作品集》。

曼德尔施塔姆

林中雪地的寂静中

林中雪地的寂静中
回响着你脚步的音乐声。

就像缓缓飘移的幽灵,
你来到冬日的严寒中,

隆冬像暗夜一样,
将穗状的雪串挂在树上。

栖息在树枝上的渡鸦,
一生见过许多事情。

那翻卷的浪花
渐渐在梦中形成,

它富有灵感而又有忘我精神,
正要打碎刚刚冻结的薄冰。

在寂静中心灵已经成熟,
这薄冰来自我的心灵。

(王守仁 译)

奥西普·曼德尔施塔姆(Osip Mandelstam,1891—1938),俄国诗人、散文家、诗歌理论家。著有诗集《石头》、《特里斯提亚》、《悲伤》等。

巴列霍

逝去的恋歌

此时此刻，我温柔的安第斯山姑娘丽塔
宛似水仙花和灯笼果，在做什么？
拜占庭令我窒息，血液在昏睡，
像我心中劣质的白兰地。

此时此刻，她的双手会在何方？
将会把傍晚降临的洁白熨烫，
正在降落的雨
使我失去生的乐趣。

她那蓝丝绒的裙子将会怎样？
还有她的勤劳，她的步履
她那当地五月里甘蔗的芳香？

她会在门口将一朵彩云眺望，
最后会颤抖着说："天啊，真冷！"
一只野鸟正啼哭在瓦楞上。

（赵振江 译）

塞萨尔·巴列霍（César Vallejo，1892—1938），秘鲁诗人、作家。著有诗集《黑色的使者》、《特里尔塞》、《西班牙，我饮不下这杯苦酒》、《人类的诗篇》等。

索德格朗

星星

当夜色降临
我站在台阶上倾听；
星星蜂拥在花园里
而我站在黑暗中。
听，一颗星星落地作响！
你别赤脚在这草地上散步，
我的花园到处是星星的碎片。

（北岛 译）

黄昏

我不想听森林所传的
流言蜚语。
在云杉中还能听到沙沙响
和树叶里的叹息声,
阴影仍在忧郁与树干之间滑行。
上路吧。没有人会遇见我们。
玫瑰色的黄昏沿着无声的树篱入梦。
道路慢慢地行进,小心翼翼地爬升
停下来回望那落日。

(北岛 译)

伊迪特·索德格朗(Edith Södergran,1892—1923),芬兰诗人。著有诗集《九月的竖琴》、《玫瑰祭坛》、《未来的阴影》、《不存在的国土》等。

茨维塔耶娃

我的大都市里一片黑夜

我的大都市里一片黑——夜。
我从昏沉的屋里走上——街。
人们想的是：妻，女，——
而我只记得一个字：夜。

为我扫街的是七月的——风。
谁家窗口隐约传来音乐——声。
啊，通宵吹到天明吧——风，
透过薄薄胸壁吹进我——胸。

一棵黑杨树，窗内是灯——火，
钟楼上钟声，手里小花——朵，
脚步啊，并没跟随哪一个，
我是个影子，其实没有——我。

金灿灿念珠似的一串——灯，
夜的树叶味儿在嘴里——溶。
松开吧，松开白昼的——绳，
朋友们，我走进你们的——梦。

（飞白译）

像这样细细地听（节选）

像这样细细地听，如河口
凝神倾听自己的源头。
像这样深深地嗅，嗅一朵
小花，直到知觉化为乌有。

像这样，在蔚蓝的空气里
溶进了无底的渴望。
像这样，在床单的蔚蓝里
孩子遥望记忆的远方。

像这样，莲花般的少年
默默体验血的温泉。
……就像这样，与爱情相恋，
就像这样，落入深渊。

（飞白译）

■ 玛琳娜·茨维塔耶娃（Marina Tsvetayeva，1892—1941），俄罗斯诗人、小说家、剧作家。著有诗集《黄昏的纪念册》《魔灯》《里程碑》《俄国以后》等。

马雅可夫斯基

已经过了一点

已经过了一点。你一定已就寝。
银河在夜里流泻着银光。
我并不急,没有理由
用电报的闪电打搅你,
而且,如他们所说,事情已了结。
爱之船已撞上生命的礁石沉没。
你我互不相欠,何必开列
彼此的苦难,创痛,忧伤。
你瞧世界变得如此沉静,
夜晚用星星的献礼包裹天空。
在这样的时刻,一个人会想起身
向时代,历史,宇宙说话。

(陈黎、张芬龄 译)

弗拉基米尔·马雅可夫斯基(Vladimir Mayakovsky,1893—1930),俄罗斯诗人。1912年底出版了俄国未来派的第一本诗集《给社会趣味一记耳光》。另著有诗集《穿裤子的云》、《列宁》、《好》等。

艾吕雅

自由

在我的小学生练习簿上
在我的课桌和树木上
在沙上在雪上
我写下你的名字

在所有读过的书页上
在所有空白的书页上
石头、鲜血、白纸或灰烬
我写下你的名字

在金色的图像上
在战士的武器上
在国王的冠冕上
我写下你的名字

在丛林和沙漠上
在鸟巢和灌木上
在我童年的回声上
我写下你的名字

在夜晚的奇迹上
在白昼的面包上

在订婚的季节上
我写下你的名字

在我所有的蓝布片上
在太阳发霉的池塘上
在月亮盘旋的湖面上
我写下你的名字

在田野上在地平线上
在飞鸟的羽翼上
在影子的风车上
我写下你的名字

在每一缕晨曦上
在海上在船上
在癫狂的山峦上
我写下你的名字

在云朵的泡沫上
在暴风雨的汗水上
在稠密而烦腻的雨帘上
我写下你的名字

在各种闪光的形体上
在各种色彩的钟声上
在自然的真理上
我写下你的名字

在苏醒的小路上
在舒展的大道上
在沸腾的广场上
我写下你的名字

在点燃的灯上
在熄灭的灯上
在我连成一排的屋舍上
我写下你的名字

在镜子把我的房间
一分为二的果实上
在我空如贝壳的床上
我写下你的名字

在我贪吃而温驯的狗身上
在它竖起的耳朵上
在它笨拙的爪子上
我写下你的名字

在我门前的跳板上
在那些熟悉的物品上
在得到祝福的火焰上
我写下你的名字

在所有应允的身体上
在我朋友们的额头上

在每一只伸出的手上
我写下你的名字

在惊奇的玻璃上
在专注的嘴唇上
在高出沉默的地方
我写下你的名字

在我被毁坏的避难所
在我那倒塌的灯塔上
在我烦恼的墙垣上
我写下你的名字

在冷淡的缺席中
在赤裸的孤寂中
在死亡的阶梯上
我写下你的名字

在恢复的健康上
在消失的危险上
在没有记忆的希望中
我写下你的名字

凭借一个词的力量
我重新开始生活

我生来是为了认识你
为了呼唤你的名字

自由

（陈力川 译）

■ 保尔·艾吕雅（Paul Éluard，1895—1952），法国诗人、左翼文学家、社会活动家。出版诗集数十种，包括《公共的玫瑰》、《丰采的眼睛》、《诗与真》、《为了在这里生活》、《凤凰》等。

蒙塔莱

英国圆号

今晚
黄昏的风,
仿佛刀剑铿锵,
猛烈地吹打
茂盛的树林,
擂响
天宇的鼓点,
催动
地平线上的浮云。

一抹晚霞,
仿佛纸鸢横飘高空,
朵朵行云如飞,
仿佛埃多拉迪国
时隐时现的城门的光辉。

涟滟闪光的大海,
渐渐灰暗混沌,
吞吐浊浪,
咆哮翻滚。
夜的暗影,
悄悄地四处爬行,

呼啸的风,
慢慢地平静。
风啊,
今晚请你也把
我的心
这不和谐的乐器的
丝弦拨动。

(吕同六 译)

埃乌杰尼奥·蒙塔莱(Eugenio Montale,1896—1981),意大利诗人。著有诗集《乌贼骨》、《境遇》、《暴风雨和其他》、《赠辞》等。

阿莱克桑德雷

火

所有的火都带有
激情。光芒却是孤独的!
你们看多么纯洁的火焰在升腾
直至舐到天空,
同时,所有的飞禽
为它而飞翔,不要烧焦了我们!
可是人呢?从不理会。
不受你的约束,
人啊,火就在这里。
光芒,光芒是无辜的。
人:从来还未曾诞生。

(陈孟 译)

维森特·阿莱克桑德雷(Vicente Aleixandre,1898—1984),西班牙诗人。著有诗集《毁灭或爱情》、《天堂的影子》、《心灵的历史》、《辽阔》、《终极诗》等。

布莱希特

关于爬树

1
当你们在黄昏时从你们的水里出来
（因为你们一定都赤裸裸，皮肤柔和）
你们就爬上轻风中那些
更高的大树。天空也该微暗了。
去找那些在黄昏里缓慢而庄严地
摇晃它们最顶端的嫩枝的大树。
在它们的叶簇中等待黑暗，
黑暗中蝙蝠和鬼影都近在你们眉头。

2
大树下灌木丛僵硬的小叶
肯定会擦你们的背，而这背
你们必须在枝条间坚定地弓起；如此你们将
边爬边低声呻吟，上到更高处。
在树上摇晃很惬意。
但绝不许用膝盖来摇晃！
让树之于你如同树之于树梢：
数百年来，每个黄昏，它都这样摇晃它。

（黄灿然 译）

■ 贝尔托·布莱希特（Bertolt Brecht, 1898—1956），德国戏剧家与诗人。诗歌作品包括诗集《治家格言》、《歌与诗》、《斯文德堡诗集》等。

洛尔迦

哑孩子

孩子在找寻他的声音。
(把它带走的是蟋蟀的王。)
在一滴水中
孩子在找寻他的声音。

我不是要它来说话,
我要把它做个指环,
让我的缄默
戴在他纤小的指头上。

在一滴水中
孩子在找寻他的声音。

(被俘在远处的声音,
穿上了蟋蟀的衣裳。)

(戴望舒 译)

吉他

吉他的呜咽
开始了。
黎明的酒杯
碎了。
吉他的呜咽
开始了。
要止住它
没有用,
要止住它
不可能。
它单调地哭泣,
像水在哭泣,
像风在雪上
哭泣。
要止住它
不可能。
它哭泣,是为了
远方的东西。
南方的热沙
渴望白色山茶花。
哭泣,没有鹄的箭,
没有早晨的夜晚,

于是第一只鸟
死在枝上。
啊,吉他!
心里插进
五柄利剑。

(北岛 译)

■ 费德里戈·加西亚·洛尔迦(Federico García Lorca,1898—1936),西班牙诗人。著有诗集《深歌集》、《吉卜赛谣曲集》、《诗人在纽约》等。

普列维尔

公园里

一千年一万年
　也难以
　诉说尽
这瞬间的永恒
　你吻了我
　我吻了你
在冬日朦胧的清晨
清晨在蒙苏利公园
　公园在巴黎
巴黎是地上一座城
地球是天上一颗星

（高行健 译）

雅克·普列维尔（Jacques Prévert，1900—1977），法国诗人。著有《歌词集》、《故事集》、《戏剧集》、《雨天和晴天》等。

博尔赫斯

老虎的金黄

我一次次地面对
那孟加拉虎的雄姿
直到傍晚披上金色;
凝望着它,在铁笼里咆哮往返,
全然不顾樊篱的禁阻。
世上还会有别的品种,
那是布莱克的火虎;
世上也会有别的黄金,
那是宙斯偏爱的金属,
每隔九夜变化出相同的指环,
永永远远,循环不绝。
逝者如斯,
其他颜色弃我而去,
惟有朦胧的光明、模糊的黑暗
和那原始的金黄。
哦,夕阳;哦,老虎,
神话、史诗的辉煌。

哦，可爱的金黄：
是光线，是毛发，
渴望的手梦想将它抚摩。

（陈众议 译）

■ 豪尔赫·路易斯·博尔赫斯（Jorge Luis Borges，1899—1986），阿根廷诗人、小说家、散文家、翻译家。著有诗集《布宜诺斯艾利斯的热情》、《面前的月亮》、《圣马丁札记》、《另一个，同一个》等。

夸西莫多

看见的,看不见的

看见的,看不见的
赶大车的人在地平线上
在道路的手臂中呼喊着
回答着岛屿的声音。
我,也并不是漂浮着,
世界旋转着,我阅读
我的历史,如一个守夜人
阅读雨的时辰。秘密有其页边,
快乐,诡秘,具有难懂的吸引力。
我的生命,我的路上的
残忍的栖息者们,微笑着,
我的风景的门上,没有把手。
我不为死亡作准备,
我了解事物的起源,
结局是一个地方,
是我的阴影的侵入者
旅程到达的地方。
我不认识那些阴影。

(沈睿译)

瞬息间是夜晚

每一个人
偎依着大地的胸怀
孤寂地裸露在阳光之下:
瞬息间是夜晚。

(吕同六 译)

萨瓦多尔·夸西莫多(Salvatore Quasimodo,1901—1968),意大利诗人。著有诗集《水与土》、《消逝的笛音》、《瞬息间是夜晚》、《日复一日》等。

希克梅特

无题

把地球交给孩子吧,哪怕仅只一天
如同一只色彩斑斓的气球
孩子和星星们边玩边唱
把地球交给孩子吧
好比一只大苹果,一团温暖的面包
哪怕就玩一天,让他们不再饥饿
把地球交给孩子吧
哪怕仅只一天,让世界学会友爱
孩子们将从我们手中接过地球
从此种上永生的树

(刘禾译)

纳齐姆·希克梅特(Nâzim Hikmet,1902—1963),土耳其诗人。写有长诗《致塔兰塔·巴布的信》和史诗《我的同胞们的群像》等。

金子美铃

积雪

上层的雪
很冷吧。
冰冷的月亮照着它。

下层的雪
很重吧。
上百的人压着它。

中间的雪
很孤单吧。
看不见天也看不见地。

(吴菲译)

■ 金子美铃(Kaneko Misuzu,1903—1930),日本童谣诗人。著有三卷本《金子美铃童谣全集》。

聂鲁达

孤独

未发生过的事情是如此突然
我永远地停留在那里,
什么都不知道,别人也不知道我,
好像我在一张椅子下,
好像我失落在夜中——
如此这样又不是这样
但我已永远地停留。

我问后面来的人们,
那些女人们和男人们,
他们满怀如此的信心在做什么
他们如何学会的生活;
他们并不真正地回答,
他们继续跳着舞和生活着。

这并没在一个已经决定
沉默的人身上发生,
而我也不想再继续谈下去
因为我正停留在那里等待;
在那个地方和那一天
我不知道发生了什么
但我知现在我已不是同一个人。

(沈睿 译)

如果白昼落进……

每个白昼
都要落进黑沉沉的夜
像有那么一口井
锁住了光明。

必须坐在
黑洞洞的井口
要很有耐心
打捞掉落下去的光明。

（陈光孚 译）

▮ 巴勃罗·聂鲁达（Pablo Neruda，1904—1973），智利诗人。二十岁出版诗集《二十首情诗和一支绝望之歌》，一举成名；另著有诗集《黄昏》、《大地上的居所》、《漫歌集》、《诗歌总集》等。

夏尔

雨燕

　　雨燕，翅膀过于宽阔，绕着房屋欢歌盘旋，心也一样。

　　它使雷电枯竭，它在晴空播种。它若触着地面，便会粉身碎骨。

　　家燕是它的反衬。它厌恶亲昵。高塔的花边值什么？

　　它在最阴沉缝隙间安身。它的巢比谁都狭小。

　　白昼悠长的夏季，它将穿过子夜的百叶窗，在黑暗中飞行。

　　没有眼睛能捕捉它。它的鸣叫便是它全部的显现。一支长枪将把它击落。心也一样。

（秦海鹰 译）

■ 勒内·夏尔（René Char，1907—1988），法国诗人。著有诗集《没有主人的锤子》、《水中的太阳》、《群岛上的谈话》、《求索集》等。

埃利蒂斯

我不再认识黑夜

我不再认识黑夜，死亡的可怕匿名
一只星星的船队已在我灵魂的深处下碇
于是长庚，哨兵啊，你才可以闪耀
在梦见我的小岛上那幸福的微风附近
宣告黎明的到来，从它高高的巉岩上
而我的两眼拥抱你，驶着你前进
凭这真诚的心灵之星：我不再认识夜神。

我不再认识那个否认我的世界的名字
我清晰地读着贝壳，草叶，星辰
在天空的大路上我的对抗无用了
除非那含着泪珠又盯住我的还是幻梦
当我横渡不朽的海洋时，哦，长庚，
那黑夜只不过是黑夜，如今我不再相认。

（李野光 译）

"饮着科林斯的太阳……"

饮着科林斯的太阳
读着大理石的废墟
大步走过葡萄园和海
将我的鱼叉对准
那躲避我的祭神用的鱼
我找到了太阳赞歌所记住的叶子
渴望所乐于打开的生活领域。

我喝水，采撷果实
将我的双手插入风的叶簇
柠檬树催促着夏日的花粉
青鸟从我的梦中飞渡
于是我离开，报以辽阔无边的一顾
这时我眼中的世界被重新创造了
又变得那么美好，按照内心的尺度！

（李野光 译）

■ 奥德修斯·埃利蒂斯（Odysseas Elytis，1911—1996），希腊现代主义诗人。著有诗集《方向》、《初生的太阳》、《光明树与第十四个美人》、《英雄挽歌》等。

R. S. 托马斯

孩子们的歌

我们活在自己的世界，
这世界太小了，
你们弯腰也进不来，
即便是手脚并用，
你们成年人惯用的小伎俩。
就算用善于分析的目光，
搜寻和试探，
就算用顽皮的表情，
偷听我们的谈话，
你们还是找不到那个中心，
在那里，我们跳跃，我们玩耍，
紧闭的花蕾下，
光滑的蛋壳下，
生命仍在酣睡，
杯子一样的鸟窝里，
鸟蛋泛着灰蓝色，
你们那遥远的天堂的颜色。

（张文武 译）

秋日

少有这样的天气,
没有风,残留的叶子
点缀着枝头,
为树干编织
金黄的袖口;一只鸟儿

在镜子般的草地上梳理羽毛。
暂时抛开一天的繁杂,
抬起头来,在心里摄下
这明亮的一刻,漫长寒冬里
用它,来温暖自己。

(张文武 译)

▪ 罗纳德·斯图亚特·托马斯(Ronald Stuart Thomas,1913—2000),英国诗人。著有诗集《田间石头》、《岁末之歌》、《晚餐诗》等。

帕斯

诗人的墓志铭

他要歌唱,
　　　为了忘却
真实生活的虚伪,
　　　为了记住
虚伪生活的真实。

（赵振江 译）

▪ 奥克塔维奥·帕斯（Octavio Paz，1914—1998），墨西哥诗人、作家、外交家。主要作品有诗集《太阳石》、《在石与花之间》、《东山坡》等。

拉金

日子

日子有什么用？
日子是我们住的地方。
它们到来，它们一次
一次唤醒我们。
它们准是快乐的：
除了日子我们能住在哪儿？

啊，为解决问题
牧师和医生来了，
他们身穿长袍，
跑过田野。

（张祈译）

菲利普·拉金（Philip Larkin，1922—1985），英国诗人、小说家、文学评论家。出版的诗集有《北方的船》、《少受欺骗者》、《降灵节婚礼》和《高窗》等。

博纳富瓦

夏夜（节选）

今晚，仿佛
星空变宽，
迎向我们；夜
在星火的后面，不再那么黑暗。

树叶在树叶下闪烁，
绿色加深，还有成熟果子的橙色，
近处一盏天使的灯；跳动
的暗光占领全部树枝。

今晚，仿佛
我们走进花园，天使
关上了所有园门，不再回来。

（陈力川 译）

■ 伊夫·博纳富瓦（Yves Bonnefoy，1923— ），法国诗人、作家、文学艺术批评家、翻译家。著有《杜弗的动与静》、《昨日统治荒漠》、《词语的诱惑与真实》等二十余种诗集。

安德拉德

静物

1
覆盆子清晨的血液
选择亚麻的白色作为爱情。

2
清晨充溢着光辉和甜蜜
把纯洁的面容俯向苹果。

3
橘子里的太阳和月亮
携手同眠。

4
每一粒葡萄都能背诵
夏日时光的名字。

5
在石榴树中我喜爱
火焰心中的休憩。

（姚风 译）

■ 埃乌热尼奥·德·安德拉德（Eugénio de Andrade，1923—2005），葡萄牙诗人。著有《手与果实》、《没有钱的情侣》、《禁止说的话》等多部诗集。1984年出版的《白色上的白》是其最广为人知的作品。

赫伯特

声音

我行走在海滩
寻找那种声音
在一道波浪和另一道波浪的喘息之间

但是这儿没有声音
只有水的古老的饶舌
却不风趣
一只白色鸟儿的翅膀
晾晒在一块石头上

我走向森林
那儿保持着
一只巨大的沙漏的微响
将叶片筛选腐土
腐土筛选为叶片
昆虫们有力的嘴巴
吃光大地上所有的沉默

我走向田野
大片的绿色和黄色
被小生物们的腿所粘牢
在与风的每一次碰击中歌唱

在大地无休止的独白里
若有某刻出现停顿
那是这样一种声音
它必定明晰嘹亮

除了私语什么也没有
轻轻的拍击骤然增加
我回到家里
我的经验呈现
进退两难的形状
要不世界是个哑巴
要不我自己是个聋子

但是也许
我们双双
注定陷入苦恼

因此我们必须
手挽手
无目的地继续
走向喑哑的喉咙
从那里升起
一种含混不清的音响

（崔卫平 译）

■ 齐别根纽·赫伯特（Zbigniew Herbert，1924—1998），波兰诗人。著有诗集《光的和弦》、《赫尔墨斯、狗和星星》、《对客体的一种研究》、《我思先生》等。

阿米亥

之前

在大门关闭之前,
在最后的问题提出之前,
在我被颠倒之前。
在杂草长满花园之前,
在不再有宽恕之前,
在水泥变硬之前,
在所有笛孔被盖住之前,
在东西被锁在碗柜里之前,
在规律被发现之前。
在结论被设计好之前,
在上帝握拢他的手之前,
在我们无处站立之前。

(傅浩 译)

嘎吱响的门

嘎吱响的门
它想去哪里?

它想回家去
所以嘎吱响。

可它就在家!
但它想进屋。

成为一张桌
成为一张床。

（傅浩 译）

耶胡达·阿米亥（Yehuda Amichai，1924—2000），以色列诗人，以希伯来口语写作。著有诗集《现在及他日》、《阿门》、《时间》、《开·闭·开》等。

K. 布鲁

补网

他们用网捕捉了八面来风,
带回家一个丰裕的季节。
那些补网的无形之手,
抚摸着大海的日日夜夜。

网线折断、脱落之处,
是鱼儿饱食的年头。
这儿是捕风的圈套,
那儿是丰裕的门户。

是时候了,在蔚蓝的天空收获,
野茫茫的水天,川流着黑条纹的青鱼,
他们前额的皱纹中闪现鱼影。
现在他们得补网了,
微风正轻轻摇响椰树。

他们父辈的英魂就在椰树上,
英魂的手指在网线上轻奏冥想曲。

(周国勇、张鹤译)

奎西·布鲁(Kwesi Brew,1928—2007),加纳诗人、外交官。他的诗吟咏非洲风土人情,节奏明快。1968年出版诗集《笑的影子》。

阿多尼斯

在意义丛林旅行的向导（节选）

什么是玫瑰？为了被斩首而生长的头颅。
什么是尘土？从大地之肺发出的一声叹息。
什么是雨？从乌云的列车上，下来的最后一位旅客。
什么是焦虑？褶子和皱纹，在神经的丝绸上。
什么是时光？我们穿上的衣服，却再也脱不下来。

（薛庆国 译）

阿多尼斯（Adonis，1930— ），叙利亚出生的黎巴嫩籍诗人、文学理论家，现居巴黎。著有《风中树叶》、《大马士革的米赫亚尔之歌》、《这是我的名字》等二十多部诗集。

西亚特

分别

仿佛鲜花的
花瓣
在由黑暗中
诞生的
黎明时分
枯萎

你脆弱的
翅膀
抖动
在我空漠的
海岸
沙丘上的
沙粒

在温驯的
孤独里
我等待
朝霞突然地
闪亮

(汪剑钊 译)

乌里雅姆·法拉赫·西亚特（Ulian Farah Siad, 1930—　），吉布提诗人，长期生活在索马里。他的诗节奏短促，意象鲜明。

特朗斯特罗默

自1979年3月

厌倦了所有带来词的人,词并不是语言
我走到那白雪覆盖的岛屿。
荒野没有词。
空白之页向四面八方展开!
我发现鹿的偶蹄在白雪上的印迹。
是语言而不是词。

(北岛 译)

写于1966年解冻

淙淙流水；喧腾；古老的催眠。
河淹没了汽车公墓，闪烁
在那些面具后面。
我抓紧桥栏杆。
桥：一只飞越死亡的巨大铁鸟。

(北岛 译)

■ 托马斯·特朗斯特罗默(Tomas Tranströmer, 1931—   )，瑞典诗人。著有诗集《十七首诗》、《路上的秘密》、《真理障碍物》、《大谜语》等。

谷川俊太郎

河流

妈妈
河流为什么在笑
因为太阳在逗它呀

妈妈
河流为什么在歌唱
因为云雀夸赞着它的浪声

妈妈
河水为什么冰凉
因为想起了曾被雪爱恋的日子

妈妈
河流多少岁了
总是和年轻的春天同岁

妈妈
河流为什么不休息
那是因为大海妈妈
等待着它的归程

(田原 译)

小鸟在天空消失的日子

野兽在森林消失的日子
森林寂静无语，屏住呼吸
野兽在森林消失的日子
人还在继续铺路

鱼在大海消失的日子
大海汹涌的波涛是枉然的呻吟
鱼在大海消失的日子
人还在继续修建港口

孩子在大街上消失的日子
大街变得更加热闹
孩子在大街上消失的日子
人还在建造公园

自己在人群中消失的日子
人彼此变得十分相似
自己在人群中消失的日子
人还在继续相信未来

小鸟在天空消失的日子
天空在静静地涌淌泪水
小鸟在天空消失的日子
人还在无知地继续歌唱

(田原 译)

谷川俊太郎(Tanikawa Shuntarō, 1931—),日本诗人、翻译家、绘本作家。著有《二十亿光年的孤独》、《六十二首十四行诗》、《我》、《忧郁顺流而下》等七十余部诗集。

容克

当你写下新的一页
—— 献给杰克

当你在日记上写下新的一页
别忘记
去看看夏阳中的金色叶片
或者去看看
我们在泰伯尔山的恍惚漫游中
见过的那朵幽蓝的石兰花
我已将鲜血溶进
里斯本如血的夕阳
我随身携带你,像面镜子
在你的扉页上
我写下了
我的孤寂
你无名的词语
当你在日记上写下新的一页
别忘记
来看看我的眼中
我已用黑蝴蝶
永远掩隐的太阳

(吴笛、李力译)

■ 英格里德·容克(Ingrid Jonker,1933—1965),南非诗人,以南非荷兰语写作。著有诗集《逃避》和《轻烟与赭石》。

艾基

雪

雪来自附近
窗台的花陌生。

向我微笑只因为
我不说那些
从来不懂的词。
我所能对你说的是：

椅子，雪，睫毛，灯。

而我的双手
简单疏远，

那些窗框
像从白纸剪下，

但在那儿，它们后面，
围绕着灯柱，
雪旋转

正来自我们童年。

将继续旋转,当人们
记住地上的你并和你说话。

那些白雪花——我
真的见过,
我闭上眼,不会睁开,
白火花旋转,

而我无法
去阻止它们。

(北岛 译)

根纳季·艾基(Gennady Aygi,1934—2006),生于苏联境内的楚瓦什共和国,被誉为楚瓦什"人民诗人"。著有诗集《维罗妮卡之书》、《孩子与玫瑰》等。

克里斯坦森

我们毁掉的（节选）

我们毁掉的
比我们思索的更多
比我们知道的更多
比我们感受的更多

让
事物存在，添上
词句，但让
事物存在，看
这多容易，它们找到
自己身旁的隐蔽处
在石头后面：看
这多容易，它们蹑手蹑脚
走进你的耳朵里
悄声低语
死亡离去

（北岛 译）

英格尔·克里斯坦森（Inger Christensen, 1935—2009），丹麦女诗人。著有诗集《光》、《字母》、《四月书》、《蝴蝶谷：安魂曲》等。

阿特伍德

"睡"之变奏

我愿意看你睡觉，
这也许从没发生。
我愿意看着你，
睡觉。我愿意睡觉
和你，进入
你的睡眠，让那光滑幽黑的波浪
翻卷在我的头上

我愿意和你穿过那片透亮的
摇曳着蓝绿枝叶的树林
带着湿漉漉的太阳和三个月亮
走向你必须下去的山洞，
走向你最强烈的畏惧

我愿意给你那银色的
树枝，这小小的白花，一个
将庇护你的字
从你悲虑的梦的中心，从悲虑的
中心。我愿意跟随
你踏上那长长的阶梯
再一次并变成
载你归来的船儿

精心地，一朵火焰
在两只捧着的手中
你的身体躺在
我的身边，而你进入它
轻柔的就像吸进一口空气

我愿意是那空气
在你的身体里仅仅
呆一会儿。我愿意是空气不被注意
又那样必需。

(沈睿 译)

玛格丽特·阿特伍德（Margaret Atwood，1939— ），加拿大诗人、小说家、评论家、女权主义者。著有诗集《那个国家的动物》、《你是快乐的》、《早晨在烧毁的房子里》、《吃火》等。

迪伦

在风中飘

一个人要走多少路
别人才把他称为人?
一只白鸽要飞越多少海
才能在沙滩沉睡?
炮弹要发射多少次
才会被永远报废?
我的朋友,答案就在风中飘,
答案就在风中飘。

一座山要存在多少年
才能被大海淹没?
一些人要生活多少年
才能获得自由?
一个人要转多少次头
还假装什么都看不见?
我的朋友,答案就在风中飘,
答案就在风中飘。

一个人要仰望多少次
才能看见天空?
一个人要有多少耳朵
才能听到人们的哭声?

到底还要死多少人
直到他知道太多的人已死去？
我的朋友，答案就在风中飘，
答案就在风中飘。

（张祈译）

鲍勃·迪伦（Bob Dylan，1941— ），美国诗人、音乐家、唯一一位获得过诺贝尔文学奖提名的歌手。其著名歌曲有《在风中飘》、《大雨将至》、《像一块滚石》等。

达维什

想想别人

当你做早餐时想想别人,
别忘了喂鸽子。
当你与人争斗时想想别人,
别忘了那些想要和平的人。
当你付水费单时想想别人,
想想那些只能从云中饮水的人。
当你回家,回你自己的家时,想想别人,
别忘了那些住在帐篷里的人。
当你入睡点数星辰的时候想想别人,
还有人没有地方睡觉。
当你用隐喻释放自己的时候想想别人,
那些丧失说话权利的人。
当你想到那些遥远的人们,
想想你自己,然后说:
"我希望自己是黑暗中的蜡烛。"

(曹疏影 译)

■ 穆罕默德·达维什(Mahmoud Darwish,1941—2008),巴勒斯坦诗人、巴勒斯坦国歌的词作者。著有诗集《橄榄叶》、《陌生人的床》等。

诺德布兰德

回家

你的父母
已成为别人的
父母
而你的兄弟姐妹成为邻居。
而邻居们
已成为别人的邻居
而别人住在
别的城市。
正像你一样
他们又回到别的城市
他们找不到你
如同
你找不到他们。

(北岛 译)

亨利克·诺德布兰德(Henrik Nordbrandt, 1945—),丹麦诗人。著有诗集《玻璃》、《冰川纪》、《八十四首诗》、《梦之桥》等。

哈特

未来的历史

那时将有城市和群山
和现在一样,

有钢铁军队
踏过遗弃的广场
他们一向如此。

那时将有待耕的田地,
风吹树摆,橡树籽
散落,

碗盘依旧会摔碎
毫无理由。

我们知道的就是这些。

未来在地平线的彼岸,我们听不到
未来人们的一语一言,

即使他们冲我们喊叫
让我们不要
炸他们的土地,毁他们的城市,

但那喊声传来就像一粒橡树籽
掉在水泥地，

像碗架上的盘子
在破碎的瞬间。

（杨国斌 译）

▋ 凯文·约翰·哈特（Kevin John Hart，1954— ），澳大利亚诗人、神学家、哲学家与文学评论家。出版的诗集有《火焰树》、《夜曲》、《新雨》、《早晨的知识》等。

中国诗

废名

十二月十九夜

深夜一枝灯,
若高山流水,
有身外之海。
星之空是鸟林,
是花,是鱼,
是天上的梦,
海是夜的镜子。
思想是一个美人。
是家,
是日,
是月,
是灯,
是炉火,
炉火是墙上的树影,
是冬夜的声音。

■ 废名(1901—1967),本名冯文炳,诗人、作家、学者。其诗作颇具禅味,较有代表性的有《镜》、《灯》、《花盆》、《妆台》、《宇宙的衣裳》等。

冯至

深夜又是深山

深夜又是深山，
听着夜雨沉沉。
十里外的山村、
廿里外的市廛，

它们可还存在？
十年前的山川、
廿年前的梦幻，
都在雨里沉埋。

四围这样狭窄，
好像回到母胎；
我在深夜祈求

用迫切的声音：
"给我狭窄的心
一个大的宇宙！"

冯至（1905—1993），本名冯承植，诗人、教育家、翻译家。出版的诗集有《昨日之歌》、《北游及其他》、《十四行集》等。

卞之琳

音尘

绿衣人熟稔地按门铃
就按在住户的心上：
是游过黄海来的鱼？
是飞过西伯利亚来的雁？
"翻开地图看，"远人说。
他指示我他所在的地方
是那条虚线旁的那个小黑点。
如果那是金黄的一点，
如果我的座椅是泰山顶，
在月夜，我要你猜你那儿
准是一个孤独的火车站。
然而我正对一本历史书。
西望夕阳里的咸阳古道，
我等到了一匹快马的蹄声。

卞之琳（1910—2000），诗人、文学评论家、翻译家。著有诗集《三秋草》、《鱼目集》、《数行集》、《十年诗草》、《雕虫纪历》等。

纪弦

你的名字

用了世界上最轻最轻的声音,
轻轻地唤你的名字每夜每夜。

写你的名字。
画你的名字。
而梦见的是你的发光的名字:

如日,如星,你的名字。
如灯,如钻石,你的名字。
如缤纷的火花,如闪电,你的名字。
如原始森林的燃烧,你的名字。

刻你的名字!
刻你的名字在树上。
刻你的名字在不凋的生命树上。
当这植物长成了参天的古木时,
啊啊,多好,多好,
你的名字也大起来。

大起来了,你的名字。
亮起来了,你的名字。
于是,轻轻轻轻轻轻轻地呼唤你的名字。

◾ 纪弦(1913—2013),本名路逾,笔名路易士等,台湾现代派诗人。出版的诗集有《易士诗集》、《火灾的城》、《摘星的少年》、《隐者诗抄》、《晚景》、《半岛之歌》等。

何其芳

欢乐

告诉我，欢乐是什么颜色？
像白鸽的羽翅？鹦鹉的红嘴？
欢乐是什么声音？像一声芦笛？
还是从稷稷的松声到潺潺的流水？

是不是可握住的，如温情的手？
可看见的，如亮着爱怜的眼光？
会不会使心灵微微地颤抖，
而且静静地流泪，如同悲伤？

欢乐是怎样来的？从什么地方？
萤火虫一样飞在朦胧的树阴？
香气一样散自蔷薇的花瓣上？
它来时脚上响不响着铃声？

对于欢乐，我的心是盲人的目，
但它是不是可爱的，如我的忧郁？

何其芳（1912—1977），本名何永芳，诗人、散文家、文学评论家、"红学"家。出版的诗集有《预言》、《夜歌》、《夜歌和白天的歌》、《何其芳诗全编》等。

陈敬容

山和海

相看两不厌，唯有敬亭山。
　　　　　　——李白

高飞
没有翅膀
远航
没有帆

小院外
一棵古槐
做了日夕相对的
敬亭山

但却有海水
日日夜夜
在心头翻起
汹涌的波澜

无形的海啊
它没有边岸
不论清晨或黄昏

一样的深
一样的蓝

一样的海啊
一样的山
你有你的孤傲
我有我的深蓝

■ 陈敬容(1917—1989),本名陈懿范,诗人、翻译家。著有诗集《交响集》、《盈盈集》、《老去的是时间》等。

蔡其矫

波浪

永无止息地运动,
应是大自然有形的呼吸,
一切都因你而生动,
波浪啊!

没有你,天空和大海多么单调,
没有你,海上的道路就可怕地寂寞;
你是航海者最亲密的伙伴,
波浪啊!

你抚爱船只,照耀白帆,
飞溅的水花是你露出雪白的牙齿
微笑着,伴随船上的水手
走遍天涯海角。

今天,我以欢乐的心回忆
当你镜子般发着柔光
让天空的彩霞舞衣飘动
那时你的呼吸比玫瑰还要温柔迷人。

可是,为什么,当风暴来到
你的心是多么不平静

你掀起严峻的山峰
却比暴风还要凶猛?

是因为你厌恶灾难吗?
是因为你憎恨强权吗?
我英勇的、自由的心啊
谁敢在你上面建立他的统治?

我也不能忍受强暴的呼喝,
更不能服从邪道的压制;
我多么羡慕你的性子,
波浪啊!

对水藻是细语,
对飓风是抗争,
生活正应像你这样充满音响
波——浪——啊!

蔡其矫(1918—2007),诗人、散文家。著有《回声集》、《涛声集》、《回声续集》、《祈求》、《迎风》、《醉石》等多部诗集。

郑敏

金黄的稻束

金黄的稻束站在
割过的秋天的田里，
我想起无数个疲倦的母亲
黄昏路上我看见那皱了的美丽的脸
收获日的满月在
高耸的树巅上
暮色里，远山
围着我们的心边
没有一个雕像能比这更静默。
肩荷着那伟大的疲倦，你们
在这伸向远远的一片
秋天的田里低首沉思
静默。静默。历史也不过是
脚下一条流去的小河
而你们，站在那儿
将成了人类的一个思想。

郑敏（1920— ），诗人、翻译家、诗论家。著有《诗集1942—1947》、《寻觅集》、《心象》、《早晨，我在雨里采花》等。

周梦蝶

九行

你底影子是弓
你以自己拉响自己
拉得很满,很满。

每天有太阳从东方摇落
一颗颗金红的秋之完成
于你风干了的手中。

为什么不生出千手千眼来?
既然你有很多很多秋天
很多很多等待摇落的自己。

> 周梦蝶(1921—2014),本名周起述,台湾诗人、文学家。著有诗集《孤独国》、《还魂草》、《约会》、《十三朵白菊花》、《有一种鸟或人》等。

牛汉

根

我是根，
一生一世在地下
默默地生长，
向下，向下……
我相信地心有一个太阳

听不见枝头鸟鸣，
感觉不到柔软的微风，
但是我坦然
并不觉得委屈烦闷。

开花的季节，
我跟枝叶同样幸福
沉甸甸的果实，
注满了我的全部心血。

牛汉（1923—2013），本名史承汉，后改为史成汉，诗人、作家。出版的诗集有《爱与歌》、《温泉》、《海上蝴蝶》、《沉默的悬崖》等。

痖弦

伞

雨伞和我
和心脏病
和秋天

我擎着我的房子走路
雨们,说一些风凉话
嬉戏在圆圆的屋脊上
没有什么歌子可唱

即使是秋天
即使是心脏病
也没有什么歌子可唱

两只青蛙
夹在我的破鞋子里
我走一下,它们唱一下

即使是它们唱一下
我也没有什么可唱

我和雨伞
和心脏病
和秋天
和没有什么歌子可唱

▍ 痖弦（1932—　），本名王庆麟，台湾诗人，现居加拿大。出版的诗集有《痖弦诗抄》、《盐》、《深渊》、《痖弦诗集》、《弦外之音》等。

余光中

乡愁

小时候
乡愁是一枚小小的邮票
我在这头
母亲在那头

长大后
乡愁是一张窄窄的船票
我在这头
新娘在那头

后来啊
乡愁是一方矮矮的坟墓
我在外头
母亲在里头

而现在
乡愁是一湾浅浅的海峡
我在这头
大陆在那头

余光中(1928—),台湾诗人、作家。诗作如《乡愁》、《乡愁四韵》等广泛收入大陆及台港之语文课本。

商禽

用脚思想

  找不到脚 在地上
   在天上 找不到头
 我们用头行走 我们用脚思想
    虹 垃圾
  是虚无的桥 是纷乱的命题
    云 陷阱
  是飘渺的路 是预设的结论
   在天上 找不到头
  找不到脚 在路上
 我们用头行走 我们用脚思想。

商禽（1930—2010），原名罗显炽，又名罗燕，台湾现代派诗人。诗集有《梦或者黎明及其他》、《用脚思想：诗及素描》、《商禽·世纪诗选》、《商禽诗全集》等。

昌耀

一片芳草

我们商定不触痛往事,
只作寒暄。只赏芳草。
因此其余都是遗迹。
时光不再变作花粉。
飞蛾不必点燃烛泪。
无需阳光寻度。
尚有饿马摇铃。
属于即刻
唯是一片芳草无穷碧。
其余都是故道。
其余都是乡井。

> 昌耀(1936—2000),本名王昌耀,诗人。著有《昌耀抒情诗集》、《命运之书》、《一个挑战的旅行者步行在上帝的沙盘》、《昌耀的诗》、《昌耀诗歌总集》等。

食指

在你出发的时候

朋友，亲爱的朋友
我们就要分手
一同来歌唱吧
在你出发的时候

歌唱阳光的明朗
歌唱蓝天的自由
歌唱动荡的海洋里
一只无畏的船头

解开情感的缆绳
告别母爱的港口
要向人生索取
不向命运乞求

红旗就是船帆
太阳就是舵手
请把我的话儿
永远记在心头

朋友，亲爱的朋友
我们就要分手
一同来歌唱吧
在你出发的时候

这是四点零八分的北京

这是四点零八分的北京
一片手的海浪翻动
这是四点零八分的北京
一声尖厉的汽笛长鸣

北京车站高大的建筑
突然一阵剧烈地抖动
我吃惊地望着窗外
不知发生了什么事情

我的心骤然一阵疼痛,一定是
妈妈缀扣子的针线穿透了心胸
这时,我的心变成了一只风筝
风筝的线绳就在妈妈的手中

线绳绷得太紧了,就要扯断了
我不得不把头探出车厢的窗棂
直到这时,直到这个时候
我才明白发生了什么事情

——一阵阵告别的声浪
就要卷走车站

北京在我的脚下
已经缓缓地移动

我再次向北京挥动手臂
想一把抓住她的衣领
然后对她亲热地叫喊：
永远记着我，妈妈啊北京

终于抓住了什么东西
管他是谁的手，不能松
因为这是我的北京
这是我的最后的北京

- 食指(1948—)，本名郭路生，诗人。出版的诗集有《相信未来》、《食指·黑大春现代抒情诗合集》、《诗探索金库·食指卷》、《食指的诗》等。

依群

你好,哀愁

窗户睁大金色的瞳仁
你好,哀愁
又在那里把我守候
你好,哀愁
就这样,平淡而长久
你好,哀愁
可是你多像她
当我闭上眼睛的时候
你好,哀愁

依群(1947—),本名衣锡群。诗作有《巴黎公社》、《长安街》、《无题》、《你好,哀愁》等。

也斯

城市风景

城市总有霓虹的灯色
那里有隐秘的讯息
只可惜你戴起了口罩
听不清楚是不是你在说话

来自不同地方的水果
各有各叙说自己的故事
橱窗有最新的构图
革命孩子和新款鞋子押上韵

我在你的食肆里
碰上多年未见的朋友
在渍物和泡饭之间
一杯茶喝了一生的时间

还有多余的银币吗
商场里可以买回许多神祇
她缅怀前生的胭红
他喜欢市廛的灰绿

给我唱一支歌吧
在深夜街头的转角
我们与昨天碰个满怀
却怎也想不起今天

也斯（1949—2013），本名梁秉钧，香港诗人、作家。出版的诗集有《雷声与蝉鸣》、《游离的诗》、《东西》、《普罗旺斯的汉诗》等。

北岛

一束

在我和世界之间
你是海湾，是帆
是缆绳忠实的两端
你是喷泉，是风
是童年清脆的呼喊

在我和世界之间
你是画框，是窗口
是开满野花的田园
你是呼吸，是床头
是陪伴星星的夜晚

在我和世界之间
你是日历，是罗盘
是暗中滑行的光线
你是履历，是书签
是写在最后的序言

在我和世界之间
你是纱幕，是雾
是映入梦中的灯盏

你是口笛，是无言之歌
是石雕低垂的眼帘

在我和世界之间
你是鸿沟，是池沼
是正在下陷的深渊
你是栅栏，是墙垣
是盾牌上永久的图案

■ 北岛（1949— ），本名赵振开，诗人、作家，现居香港。著有诗集《陌生的海滩》、《在天涯》、《零度以上的风景》、《开锁》等。

芒克

我是风

1
北方的树林
落叶纷纷。

听,都是孩子,
那里遍地都是孩子。

一溜烟跑过去的孩子,
给母亲带去欢乐的孩子。

看,那是辆马车,
看看吧,
那是拉满了庄稼和阳光的田野!

啊,北方的树林
落叶纷纷。
我每到这里就来和你幽会,
请听我说:
我是风!

2
和田野里劳动的孩子一样,
我非常热爱天空。
当辉煌的太阳一出来——
那是母亲睁开的眼睛。

和田野里劳动的孩子一样,
我非常热爱天空,
热爱母亲!

啊,北方的树林,
我对你恋恋不舍。
但母亲在召唤,
我要和她一起去收割。

3
道路飘向远方,
抬头看见
那孤零零的头巾下面掠过一道目光。

落叶飘扬,
侧耳听见
那落叶中发出了告别的喧响。

啊，北方的树林，
我的美丽的情人。
远去的风，
在向你歌唱！

芒克（1950— ），本名姜世伟，诗人。著有诗集《心事》、《阳光中的向日葵》、《今天是哪一天》等。

多多

致太阳

给我们家庭,给我们格言
你让所有的孩子骑上父亲肩膀
给我们光明,给我们羞愧
你让狗跟在诗人后面流浪

给我们时间,让我们劳动
你在黑夜中长睡,枕着我们的希望
给我们洗礼,让我们信仰
我们在你的祝福下,出生然后死亡

查看和平的梦境、笑脸
你是上帝的大臣
没收人间的贪婪、嫉妒
你是灵魂的君王

热爱名誉,你鼓励我们勇敢
抚摸每个人的头,你尊重平凡
你创造,从东方升起
你不自由,像一枚四海通用的钱!

■ 多多(1951—),本名栗世征,诗人,曾旅居荷兰。出版的诗集有《在风城》、《白马集》、《路》、《微雕世界》、《阿姆斯特丹的河流》等。

舒婷

致橡树

我如果爱你——
绝不像攀援的凌霄花
借你的高枝炫耀自己；
我如果爱你——
绝不学痴情的鸟儿
为绿荫重复单调的歌曲；
也不止像泉源，
常年送来清凉的慰藉；
也不止像险峰，
增加你的高度，衬托你的威仪。
甚至日光。
甚至春雨。
不，这些都还不够！
我必须是你近旁的一株木棉，
作为树的形象和你站在一起。
根，紧握在地下，
叶，相触在云里。
每一阵风过
我们都互相致意，
但没有人
听懂我们的言语。
你有你的铜枝铁干

像刀、像剑，
也像戟；
我有我红硕的花朵，
像沉重的叹息，
又像英勇的火炬。
我们分担寒潮、风雷、霹雳；
我们共享雾霭、流岚、虹霓。
仿佛永远分离，
却又终身相依。
这才是伟大的爱情，
坚贞就在这里：
爱——
不仅爱你伟岸的身躯，
也爱你坚持的位置，足下的土地。

舒婷（1952— ），本名龚佩瑜，诗人、作家。著有诗集《双桅船》、《会唱歌的鸢尾花》、《始祖鸟》等。

严力

还给我

请还给我那扇没有装过锁的门
哪怕没有房间也请还给我
请还给我早晨叫醒我的那只雄鸡
哪怕已经被你吃掉了也请把骨头还给我
请还给我半山坡上的那曲牧歌
哪怕已经被你录在了磁带上也请还给我
请还给我
　　　　我与我兄弟姊妹的关系
哪怕只有半年也请还给我
请还给我爱的空间
哪怕被你用旧了也请还给我
请还给我整个地球
哪怕已经被你分割成
　　　一千个国家
　　　　　一亿个村庄
　　　　　　也请你还给我！

■ 严力（1954— ），诗人、画家。出版的诗集有《这首诗可能还不错》、《黄昏制造者》等。

顾城

我是一个任性的孩子

——我想在大地上画满窗子,让所有习惯黑暗的眼睛,都习惯光明。

也许
我是被妈妈宠坏的孩子
我任性

我希望
每一个时刻
都像彩色蜡笔那样美丽
我希望
能在心爱的白纸上画画
画出笨拙的自由
画下一只永远不会
流泪的眼睛
一片天空
一片属于天空的羽毛和树叶
一个淡绿的夜晚和苹果

我想画下早晨
画下露水所能看见的微笑

画下所有最年轻的
没有痛苦的爱情
画下想象中
我的爱人
她没有见过阴云
她的眼睛是晴空的颜色
她永远看着我
永远,看着
绝不会忽然掉过头去

我想画下遥远的风景
画下清晰的地平线和水波
画下许许多多快乐的小河
画下丘陵——
长满淡淡的茸毛
我让她们挨得很近
让她们相爱
让每一个默许
每一阵静静的春天的激动
都成为一朵小花的生日

我还想画下未来
我没见过她,也不可能
但知道她很美
我画下她秋天的风衣
画下那些燃烧的烛火和枫叶
画下许多因为爱她

而熄灭的心
画下婚礼
画下一个个早上醒来的节日
上面贴着玻璃糖纸
和北方童话的插图

我是一个任性的孩子
我想涂去一切不幸
我想在大地上
画满窗子
让所有习惯黑暗的眼睛
都习惯光明
我想画下风
画下一架比一架更高大的山岭
画下东方民族的渴望
画下大海——
无边无际愉快的声音

最后,在纸角上
我还想画下自己
画下一个树熊
他坐在维多利亚深色的丛林里
坐在安安静静的树枝上
发愣
他没有家
没有一颗留在远处的心
他只有很多很多

浆果一样的梦
和很大很大的眼睛

我在希望
在想
但不知为什么
我没有领到蜡笔
没有得到一个彩色的时刻
我只有我
我的手指和创痛
只有撕碎那一张张
心爱的白纸
让它们去寻找蝴蝶
让它们从今天消失

我是一个孩子
一个被幻想妈妈宠坏的孩子
我任性

顾城（1956—1993），诗人、作家。著有诗集《黑眼睛》等，其诗作身后被辑为《顾城诗全编》、《顾城诗全集》出版。

欧阳江河

寂静

站在冬天的橡树下我停止了歌唱
橡树遮蔽的天空像一夜大雪骤然落下
下了一夜的雪在早晨停住
曾经歌唱过的黑马没有归来
黑马的眼睛一片漆黑
黑马眼里的空旷草原积满泪水
岁月在其中黑到了尽头
狂风把黑马吹到天上
狂风把白骨吹进果实
狂风中的橡树就要被连根拔起

■ 欧阳江河(1956—),本名江河,诗人、文学批评家及书法家。著有诗集《透过词语的玻璃》、《谁去谁留》、《事物的眼泪》、《重影》、《凤凰》、《手艺与注目礼》、《如此博学的饥饿》等。

韩东

一种黑暗

我注意到林子里的黑暗
有差别的黑暗
广场一样的黑暗在树林中
四个人向四个方向走去造成的黑暗
在树木中间但不是树木内部的黑暗
向上升起扩展到整个天空的黑暗
不是地下的岩石不分彼此的黑暗
使千里之外的灯光分散平均
减弱到最低限度的黑暗
经过一万棵树的转折没有消失的黑暗
有一种黑暗在任何时间中禁止我们入内
如果你伸出一只手搅动它就是
巨大的玻璃杯中的黑暗
我注意到林子里的黑暗虽然我不在林中

韩东（1961— ），诗人、作家，著有诗集《吉祥的老虎》、《爸爸在天上看我》等。

陆忆敏

年终

记住这个日子
等待下一个日子
在年终的时候
发现我在日子的森林里穿梭

我站在忧愁的山顶
正为应景而错
短小的雨季正飘来气息
一只鸟
沉着而愉快地
在世俗的领地飞翔

一生中我难免
点燃一盏孤灯
照亮心中那些字

陆忆敏（1962— ），诗人，诗作有《美国妇女杂志》、《年终》、《沙堡》、《室内1988》等。

张枣

镜中

只要想起一生中后悔的事
梅花便落了下来
比如看她游泳到河的另一岸
比如登上一株松木梯子
危险的事固然美丽
不如看她骑马归来
面颊温暖
羞惭。低下头,回答着皇帝
一面镜子永远等候她
让她坐到镜中常坐的地方
望着窗外,只要想起一生中后悔的事
梅花便落满了南山

张枣(1962—2010),诗人、学者和诗歌翻译家,长期旅居德国。出版的诗集有《春秋来信》、《张枣的诗》等。

车前子

三原色

我，在白纸上
白纸——什么也没有
用三支蜡笔
一支画一条
画了三条线

没有尺子
线歪歪扭扭的

大人说（他很大了）：
红黄蓝
是三原色
三条直线
象征三条道路

——我听不懂
（讲些什么啊？）
又照着自己的喜欢
画了三只圆圈

我要画得最圆最圆

车前子（1963— ），本名顾盼，诗人、散文家。出版的诗集有《纸梯》、《独角兽与香料》等。

西川

饮水

我在凉爽的秋天夜晚饮水
不是出于需要,而是出于可能
一杯清凉的水
流遍我的全身,整个的我
像水一样流遍大地

一杯清凉的水犹如一种召唤
多么遥远,远过
太阳系里最晦暗的星辰
在这凉爽的秋天夜晚
一杯清凉的水使我口渴

多年以来我习惯于接受
生活的赐予太丰富了
有时像海水一样,不能喝
但是在这凉爽的秋天夜晚
我可以饮下泥沙、钻石和星辰

探向水槽的马头
在水面停住,沉入水池的小鸟
被水所吸收

我像它们一样饮水
我重复的是一个古老的行为

回溯上亿年的时光
没有一场风暴经久不息
宁静远为深刻
像这水；我饮下的是永恒——
水是生命，也是智慧

西川（1963— ），本名刘军，诗人、散文家和随笔作家。著有诗集《中国的玫瑰》、《虚构的家谱》、《大意如此》、《西川的诗》，诗文集《深浅》等。

海子

面朝大海,春暖花开

从明天起,做一个幸福的人
喂马,劈柴,周游世界
从明天起,关心粮食和蔬菜
我有一所房子,面朝大海,春暖花开

从明天起,和每一个亲人通信
告诉他们我的幸福
那幸福的闪电告诉我的
我将告诉每一个人

给每一条河每一座山取一个温暖的名字
陌生人,我也为你祝福
愿你有一个灿烂的前程
愿你有情人终成眷属
愿你在尘世获得幸福
我只愿面朝大海,春暖花开

海子(1964—1989),本名查海生,诗人。其诗作身后被集为《土地》、《海子的诗》、《海子诗全编》等出版。

诗名中外文对照表

（以诗名拼音为序）

补网
Mending Those Nets［英语］

当你老了
When You Are Old［英语］

当你写下新的一页
As jy weer skryf［南非荷兰语］

当一切入睡
Parfois, lorsque tout dort［法语］

帆
Парус［俄语］

仿佛
I Cannot Remember My Mother［英语］

分别
［原文待查］

嘎吱响的门
לאן היא רוצה［希伯来语］

给解冻之风
To the Thawing Wind［英语］

给凯恩
K*** [俄语]

公园里
Le jardin [法语]

孤独
La soledad [西班牙语]

关于爬树
Vom Klettern in Bäumen [德语]

孩子们的歌
Children's Song [英语]

河流
川 [日语]

黄昏
Kväll [瑞典语]

回家
Hjemkomsten [丹麦语]

火
El fuego [西班牙语]

积雪
積もった雪 [日语]

吉他
La guitarra [西班牙语]

"假如生活欺骗了你"
Если жизнь тебя обманет ［俄语］

静物
Natureza-Morta com Frutos ［葡萄牙语］

看见的，看不见的
Visibile, invisibile ［意大利语］

柯尔庄园的野天鹅
The Wild Swans at Coole ［英语］

老虎
The Tyger ［英语］

老虎的金黄
El oro de los tigres ［西班牙语］

林中雪地的寂静中
Музыка твоих шагов ［俄语］

米拉波桥
Le pont Mirabeau ［法语］

你不快乐的每一天都不是你的
Cada dia sem gozo não foi teu ［葡萄牙语］

秋日
A Day in Autumn ［英语］

秋日
Herbsttag ［德语］

日子
Days［英语］

如果白昼落进……
Si cada día cae...［西班牙语］

如果记住就是忘却
If Recollecting Were Forgetting［英语］

声音
Głos［波兰语］

诗人的墓志铭
Epitafio para un poeta［西班牙语］

逝去的恋歌
Idilio muerto［西班牙语］

"睡"之变奏
Variation on the Word Sleep［英语］

瞬息间是夜晚
Ed è subito sera［意大利语］

天真的预示
Auguries of Innocence［英语］

往昔的时光
Auld Lang Syne［苏格兰语］

未来的历史
A History of the Future［英语］

未走之路
The Road Not Taken［英语］

我不再认识黑夜
Δεν ξέρω πια τη νύχτα［希腊语］

我不知道……
Jardín［西班牙语］

我的大都市里一片黑夜
В огромном городе моем – ночь［俄语］

我们毁掉的
Alfabet［丹麦语］

我愿意是急流……
Lennék én folyóvíz...［匈牙利语］

无题
Dünyayı verelim çocuklara［土耳其语］

雾
Fog［英语］

夏夜
L'été de nuit［法语］

想想别人
فكر بغيرك［阿拉伯语］

像这样细细地听
Так вслушиваются...［俄语］

小鸟在天空消失的日子
空に小鳥がいなくなった日［日语］

写于1966年解冻
Från snösmältningen - 66［瑞典语］

星星
Tähdet［瑞典语］

星星们高挂空中
Es stehen unbeweglich［德语］

雪
Снег［俄语］

哑孩子
El niño mudo［西班牙语］

严重的时刻
Ernste Stunde［德语］

已经过了一点
Уже второй должно быть ты легла…［俄语］

"饮着科林斯的太阳……"
Πίνοντας ήλιο κορινθιακό［希腊语］

英国圆号
Corno inglese［意大利语］

雨燕
Le martinet［法语］

在风中飘
Blowing in the Wind［英语］

在意义丛林旅行的向导
دليل للسفر في غابات المعنى［阿拉伯语］

之前
בטרם［希伯来语］

致大自然
An die Natur［德语］

自1979年3月
Från mars - 79［瑞典语］

自由
Liberté［法语］

编辑说明

编辑这本小书并不轻松。难度首先来自多语种诗歌的版本查证,其次是联络版权,再就是完善译本。

本书收录诗歌101首,包括外国诗70首、中国诗31首,每一首都力求以可靠版本面世。中文诗校订相对容易,外文诗则须核实原文,以订正翻译及传播过程中出现的错讹,书后附外文标题列表供有需要的读者查阅。这一工作涉及近二十个外文语种,只能求助于众多中外朋友和网友。目前70首外文诗已查考出69首,不少漏译、断行、分段、标点的错误得以修正。

本选集涉及大陆及港台华语诗人30位、外国诗人56位及译者51位。除公共版权领域的作品外,京港两地编辑部通力合作,设法联络世界各地的诗人、译者及版权持有人。所幸绝大多数作品已获授权许可,唯少量著、译者始终联系不上。在此,特别致谢惠赠版权的作者和译者,也请未能取得联系的版权持有人谅解我们的局限,见书后与我们联络。

从前期选编到后期编辑,本书贯穿对翻译的重视和敬意。书中若干译文为选编者在选诗过程中专为本书邀约。编辑部在联系版权过程中,也逐一提醒译者审校译文。不少译者提供了更为深思熟虑的修订版,另一些译者则核对了译文及版式,这些工作使本书收入的译文版本更为完善。

本书诗人以出生年份排序,只列为人熟知的名字,不注全名和本名。诗人简介则以最简方式列出。外国诗人简介只列英文名,不列母语名,顺序以英文中常见提法为准。如匈牙利诗人裴多菲,姓裴多菲、名山陀尔,中文名遵匈牙利文习惯先姓后名,而英文文本中的匈牙利名字大多以先名后姓的方式书写,故简介中采用裴多菲·山陀尔（Sándor Petöfi）。日文名字的顺序,依日语先姓后名的习惯,英文世界近年也正采用此例,如金子美铃（Kaneko Misuzu）、谷川俊太郎（Tanikawa Shuntarō）等。中文诗人以最知名的笔名列出,本名放在简介中。

感谢Nick Admussen、陈力川、Peter Cole、高兴、黄运特、刘文飞、沙湄、唐晓渡、田原、王家新、Eliot Weinberger、薛庆国、张翠容（以姓氏字母为序）等友人,感谢希腊驻香港领事馆,感谢美国俄亥俄州立大学现代中国文学与文化资源中心（Modern Chinese Literature and Culture Resource Center）和美国翻译协会（American Translators Association）两个论坛的各国网友，没有他们及时援手，本书很难如期出版。特别感谢编辑同行林道群，此书出版的每个关键环节，都有他的贡献。

在本书编辑和制作过程中，每位参与者都怀着一份对孩子的特别心情。选编者的初衷之一，是希望中文世界的青少年在领略诗歌的同时，领略世界的丰富和文化的多样，而有机会试着像孩子一样感受这一切，是本书编辑工作的快乐和回报。

活字文化编辑部
香港中文大学出版社编辑部
2014年6月